¿QUIÉN QUIERE UN RINOCERONTE BARATO?

Shel Silverstein

Editorial Lumen

Título original: *Who wants a cheap Rhinoceros?*
Edición revisada y ampliada de la publicada
anteriormente bajo el seudónimo «Uncle Shelby»

Traducción de Néstor Busquets

Publicado por Editorial Lumen, S.A.,
Ramon Miquel i Planas, 10 - 08034 Barcelona.
Reservados los derechos de edición
en lengua castellana para todo el mundo.

Segunda edición: noviembre de 1998

A Meg y a Curt

¿Quién quiere un rinoceronte barato?

Sé de uno que está en venta.

Tiene orejas pequeñas, pies pesados

y una cola amistosa que mueve sin cesar.

Es dulce y gordo y cariñoso.

Es silencioso como un ratón.

Y puede hacer muchas cosas por ti

si lo tienes en tu casa.

Por ejemplo...

Lo puedes utilizar como perchero.

Es fabuloso rascando espaldas.

Y queda precioso como lámpara.

Se comerá tus malas notas antes de que tus padres las vean.

Pero no vale gran cosa abriendo puertas.

Hace muy bien de pirata feroz y sanguinario.

Puede abrir las latas de cerveza para tu tío.

Y el domingo
puedes leerle
tebeos.

Estará encantado de darle a la comba…

... si también a él le llega su turno.

No pone suficiente cuidado
en mirar dónde pisa.

Pero puede conseguir que tu padre
te dé más dinero el fin de semana.

Como barco de guerra resulta insumergible,

mas se niega en redondo a entrar en la bañera.

Es
muy
cómodo
sentarse
en su
regazo,

pero
no tanto
que él
se siente
en el
tuyo.

Es magnífico ayudando
a tu abuela a hacer donuts.

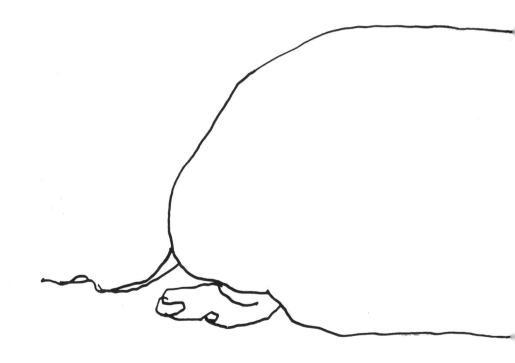

Y es genial evitando que tu madre te castigue cuando en realidad no has hecho nada malo.

Le gusta mucho deslizarse en tu cama
en las frías noches de invierno.

Y sabe bajar de puntillas
a medianoche
para picar algo
en la cocina.

Se comerá encantado los restos de la mesa.

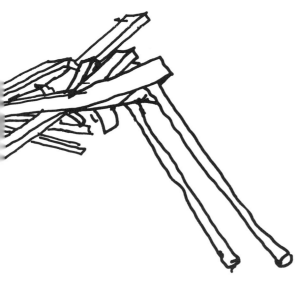

Resulta perfecto para jugar contigo a Ben y Charlie,
dos terribles malhechores.

Y le encanta sorprenderte.

Se prestará gustoso a ayudar a tu tía
a tejer un jersey.

Sobre todo si es para él.

Tiene mucho cuidado en no dejar huellas
de rinoceronte por la casa.

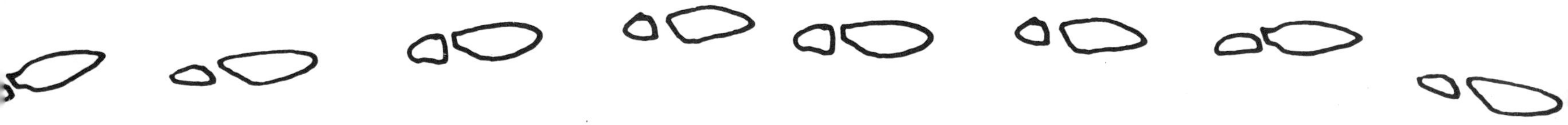

Es divertido cuidarlo,
si está enfermo.

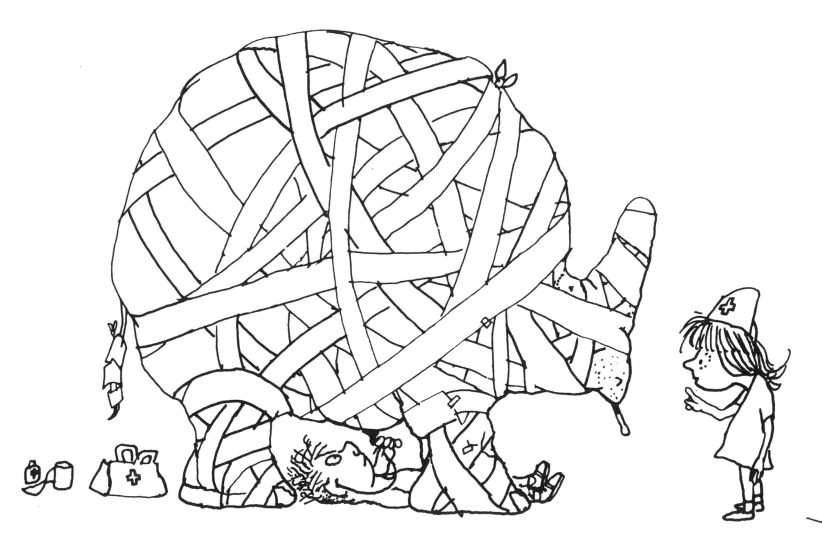

Y es fantástico para
abrir surcos,
si tú eres
labrador.

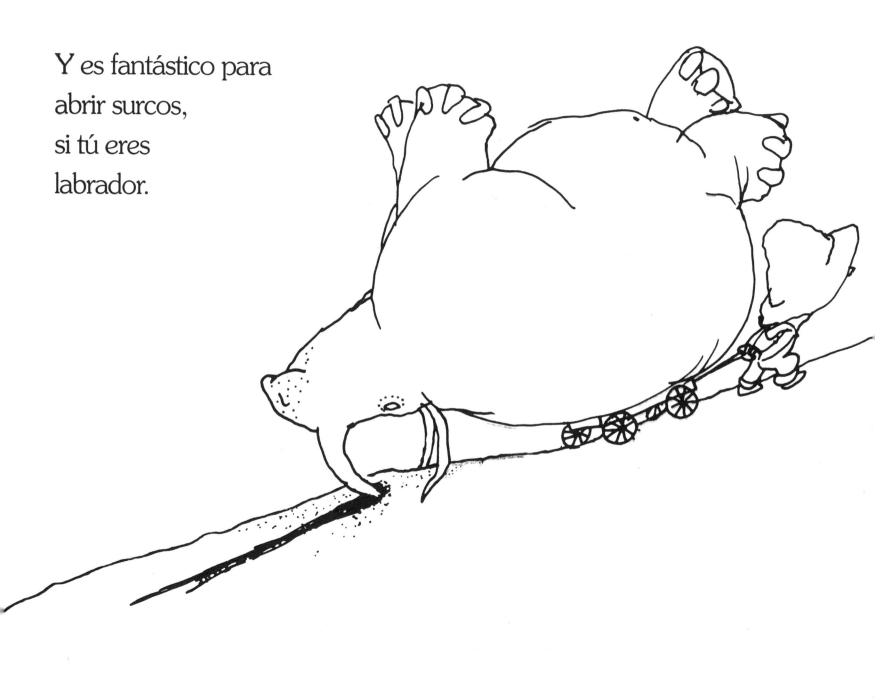

Es muy difícil
construir
una casa
para él.

Pero es muy divertido
llevarlo a la playa,

porque es buenísimo haciendo de tiburón.

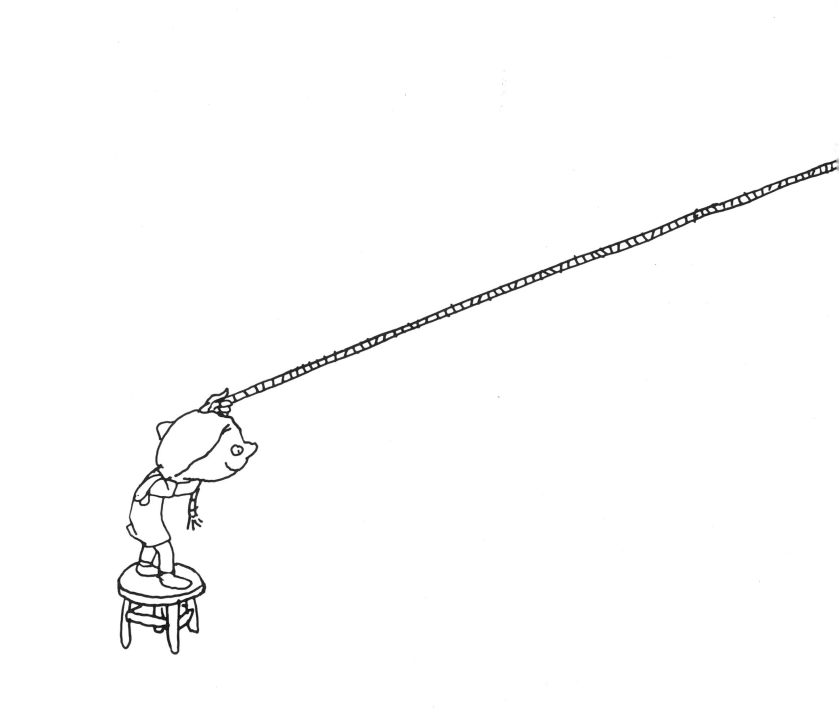

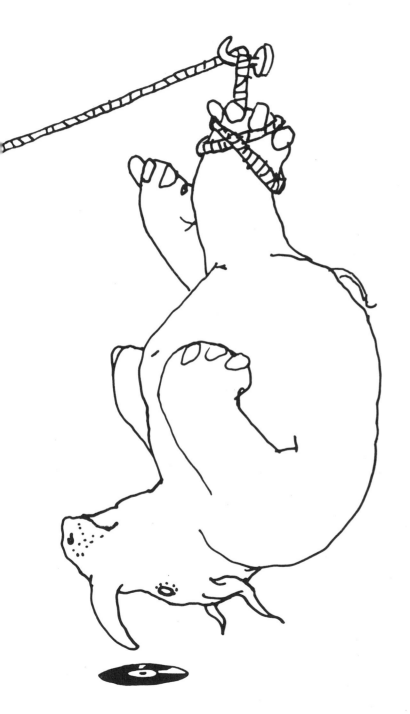

Va muy bien para
escuchar música,
si tú no tienes
tocadiscos.

En carnaval puedes disfrazarlo de chica,
pero no le va a gustar.

Le encanta jugar
al escondite.

Se deja regañar.

Y se hace querer...